Nana's Big Surprise

Nana, ¡Qué Sorpresa!

Story / Cuento
Amada Irma Pérez

Illustrations / Ilustraciones
Maya Christina Gonzalez

CHILDREN'S BOOK PRESS, AN IMPRINT OF LEE & LOW BOOKS INC.
NEW YORK

Mama, Papa, my five younger brothers, and I all stood and stared in amazement at what we had built, right in our own backyard.

"Wow! We should open a family business building chicken coops!" giggled Sergio, the oldest of my brothers.

"I hope Nana likes it," I said. Nana had been sad and lonely ever since our grandfather, Tata, died. But in just a week Nana would arrive by bus all the way from Mexicali. The coop was a special surprise for her—she knew everything about raising chickens. I just knew our coop would make her smile.

Mamá, Papá, mis cinco hermanitos y yo nos quedamos boquiabiertos al contemplar lo que habíamos construido nosotros mismos en nuestro propio patio.

—¡Caramba! ¡Deberíamos abrir un negocio de familia construyendo gallineros! —dijo Sergio, el mayor de los varones, riéndose.

—Espero que a Nana le guste —dije yo. Nana se sentía muy triste y sola desde la muerte de nuestro abuelito, Tata, pero dentro de una semana, Nana llegaría en autobús desde Mexicali. El gallinero sería una sorpresa para ella. Nana tenía mucha experiencia en criar pollitos. Yo sabía que, con nuestro gallinero, íbamos a conseguir que ella sonriera.

Mientras limpiábamos la casa para la visita de Nana, recuerdos de Mexicali nos envolvían como si fueran cobijas calientitas.

—Me acuerdo de que Tata vendía frutas y verduras en el mercado municipal y las pesaba en una balanza que parecía una cunita —dije yo, mientras doblábamos la ropa lavada. Mis hermanos Víctor y el pequeño Mario se envolvían en las sábanas limpias como si fueran fantasmas.

—Me acuerdo de que Nana caminaba hasta el mercado todas las mañanas para darle a Tata el beso y abrazo de todos los días —añadió Hector.

—Pero aquí todo es tan distinto —dijo Raúl, bien preocupado—. Quizás a Nana no le guste.

As we cleaned the house for Nana's arrival, memories of Mexicali spread over us like cozy blankets.

"I remember Tata selling fresh fruits and vegetables at the *mercado*, weighing them on his scale that looked like a cradle," I said as we folded laundry. Victor and little Mario wrapped themselves in the clean sheets like ghosts.

"I remember Nana walking to the *mercado* every day to give Tata his morning hug and kiss," said Hector.

"But everything is so different here," worried Raul. "Nana might not like it."

Just then, Mama and Papa walked in the door carrying boxes of tiny, fluffy, noisy, yellow things. The chicks!

"The man at the egg farm just gave these chicks away!" Papa exclaimed.

Suddenly Hector cried out, "I can't wait for Nana to get here, so she can tell us stories!" Nana's stories about her childhood, about living through the Mexican Revolution, and about raising her thirteen children, were some of our favorites.

En ese momento entraron Mamá y Papá, cargando cajas con unas cositas pequeñitas. ¡Eran unos pollitos amarillos, como de pelusa, y qué ruidosos!

—El hombre de la granja avícola, no más porque sí, nos regaló los pollitos —dijo Papa.

De repente, Héctor exclamó: —¡Ya casi no puedo esperar a que llegue Nana para que nos cuente sus historias! —Las historias de la niñez de Nana, de sus trece hijos y de la Revolución mexicana eran algunas de las que más nos gustaban.

Por fin llegó el día. Todos
nos amontonamos en la vieja
camioneta azul y nos fuimos a la
estación de autobuses a recoger a Nana.

—¡Allí está! —grité. Por la ventana del
autobús, se veía su rebozo de flores. Qué extraño
era no ver a Tata con ella.

Todos la colmamos de besos y abrazos. En el camino a
casa, Mario y Víctor por poco revelaron nuestro secreto.
Les tuve que cubrir la boca cuando ellos empezaron
a gritar: —¡Nana, Nana, le hicimos algo especial!
¡Un galli…!

Finally, the day arrived when we all piled into our old blue station wagon and drove to meet Nana at the bus station.

"There she is!" I cried. Through the bus window, I could see Nana's familiar flowered *rebozo*. It was strange not seeing Tata next to her.

We showered her with hugs and kisses. On our way home, Mario and Victor almost blurted out our surprise. I had to use both hands to cover their mouths when they cried, "Nana, Nana, we made you something. It's a chick—!"

10

Back at home again, we brought Nana to the backyard. Her sad eyes grew huge when she saw the chicken coop. "*Mis nietecitos,* what a beautiful surprise!"

"Can you teach us about chickens? You're the expert!" said Sergio.

"*Ay, niños*, I don't know that I'm up to such a big job. . ."

"Please, Nana, please?" we chirped.

"Well, I will if you all help me," she answered. In a sometimes-sad, sometimes-happy voice, she told us about raising chickens as a little girl and gathering fresh eggs every morning, and about her spicy, chocolatey chicken *mole*—Tata's favorite.

Ya en casa, llevamos a Nana al patio. Los ojos de Nana, que habían estado tan tristes, se le pusieron bien grandes al ver el gallinero. —¡Mis nietecitos, qué hermosa sorpresa!

—¿Nos puede enseñar algo sobre los pollitos? ¡Usted es experta! —dijo Sergio.

—Ay, niños, no sé si pueda comprometerme a hacer un trabajo tan grande… —contestó ella.

—Por favor, Nana, por favor —le rogamos.

—Bueno, yo les ayudaré a ustedes si todos ustedes me ayudan a mí —nos contestó. Y con una voz a veces triste y a veces contenta, nos contó cómo criaba pollitos cuando era niña y recogía huevos frescos por la mañana y cómo hacía el mole de pollo con chocolate, dulcito y picosito, ese mole que era el favorito de Tata.

That night, I heard soft sobs coming from Nana's room. Nana sat on the bed with a small photograph of Tata in her hands.

"What's wrong, Nana? Aren't you happy to be here with us?" I asked.

"Of course, *mija*. But I miss Tata so much, it still hurts deep in my heart."

One by one my brothers crept quietly into the room. Raul held a fluffy chick up to Nana's cheek. Victor stood on his head and fell over. I brushed Nana's long silver hair. But nothing seemed to make her feel better.

Esa noche, oí sollozos que venían del cuarto de Nana. Estaba sentada en la cama con un retrato pequeño de Tata en las manos.

—¿Qué le pasa, Nana? ¿No está contenta de estar aquí con nosotros? —le pregunté.

—Seguro que sí, mija. Pero extraño mucho a Tata. Todavía me duele mucho el corazón.

Uno por uno, mis hermanos llegaron muy calladitos al cuarto. Raúl le puso un pollito peludito en la mejilla a Nana. Victor se quedó parado de cabeza en la puerta hasta que se cayó. Yo le cepillé la larga y plateada cabellera. Pero parecía que nada la haría sentirse mejor.

Al día siguiente llevamos a Nana al gallinero para que nos diera la primera lección. Nana se asomó dentro del gallinero: —Nosotros siempre criábamos gallinas cuando yo era pequeña. Siento no poder cuidarlas ahora.

Sergio y Víctor se pusieron a aletear los brazos y a cacarear. Muy quedito Nana empezó a sonreír. —Cuidar los pollitos es una responsabilidad muy grande. Dos veces al día tienen que darles de comer: una mezcla de granos de maíz amarillo con salvado, una comida especial que tienen que comprar en la tienda. —Ella arrugó las cejas—. Bueno, por lo menos, sé que se puede comprar en la tienda que está cerca de mi casa en Mexicali.

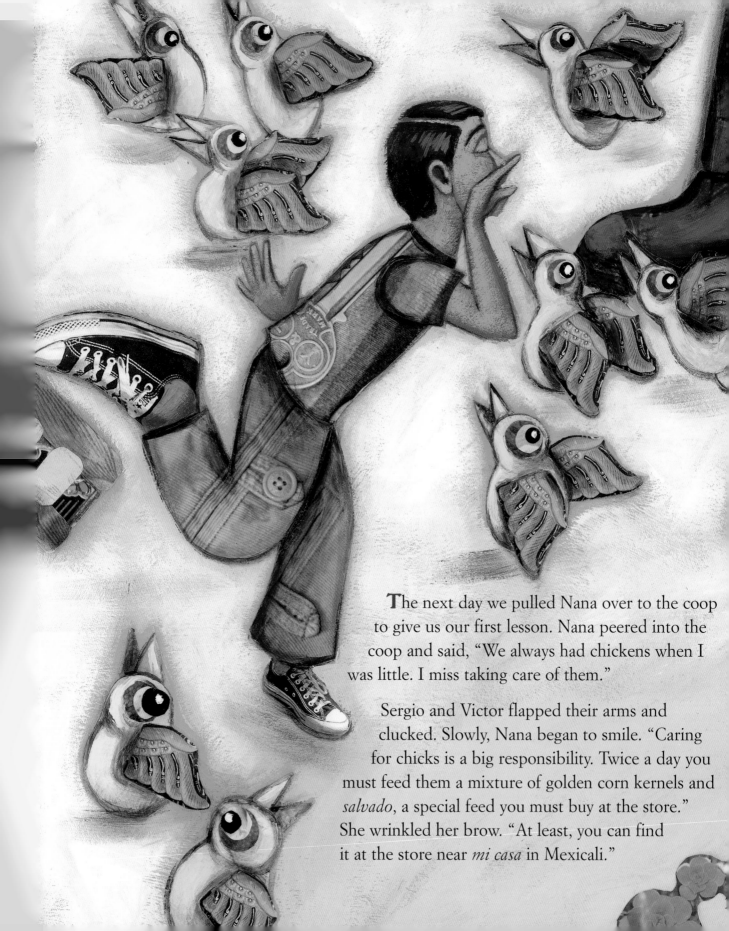

The next day we pulled Nana over to the coop to give us our first lesson. Nana peered into the coop and said, "We always had chickens when I was little. I miss taking care of them."

Sergio and Victor flapped their arms and clucked. Slowly, Nana began to smile. "Caring for chicks is a big responsibility. Twice a day you must feed them a mixture of golden corn kernels and *salvado*, a special feed you must buy at the store." She wrinkled her brow. "At least, you can find it at the store near *mi casa* in Mexicali."

Todos los sábados la familia se amontonaba en el carro para ir
al supermercado para hacer la compra de la semana, que ahora incluía
la comida de los pollitos. Esta vez Nana nos acompañó. —Me hace falta el
mercado en Mexicali —dijo.

Pero después de una hora de corretear por los anchos pasillos, no
encontrábamos a Nana por ningún sitio. Por fin, Raúl la halló enfrente de un
millón de botellas de jabón, agarrándose la cabeza con las manos. —Niños, esto
no se parece para nada al mercado que yo conozco. ¡Aquí hay demasiadas cosas
para escoger!

Every Saturday we all piled into the car to go to the supermarket for the week's groceries—and now, food for our chicks. This time, Nana came along. "I miss the *mercado* in Mexicali," she said.

But after an hour of us running around the wide aisles, Nana was nowhere to be seen. Finally, Raul found her in front of a million bottles of dish soap, holding her head. "*Niños*, this is nothing like the *mercado* I know. There are too many choices here!"

Durante los meses siguientes, Nana se pasó los días ayudándonos a cuidar a los pollitos. Ella sabía todo lo que se podía saber sobre cómo cuidarlos.

—Los pollitos necesitan paja fresca en sus cajitas, y ustedes tienen que hablarles, contarles historias, cantarles y darles mucho amor. Si ustedes hacen eso, los pollitos van a poner unos huevos bien ricos.

—¿De verdad? —Abrimos los ojos bien grandes.

—Sí. Los pollitos están creciendo. Debemos revisar sus nidos todos los días para ver si han puesto huevos.

For the next several months, Nana spent her days helping us care for our little chicks. She knew everything about them.

"Chicks need fresh sweet hay in their boxes," she said, "and you must talk to them, tell them stories, sing to them, and give them lots of love. If you do that, our chicks will produce the most delicious eggs!"

"Really?!" Our eyes grew wide.

"*Sí.* Our little chicks are growing. We should start checking their nests for eggs every day."

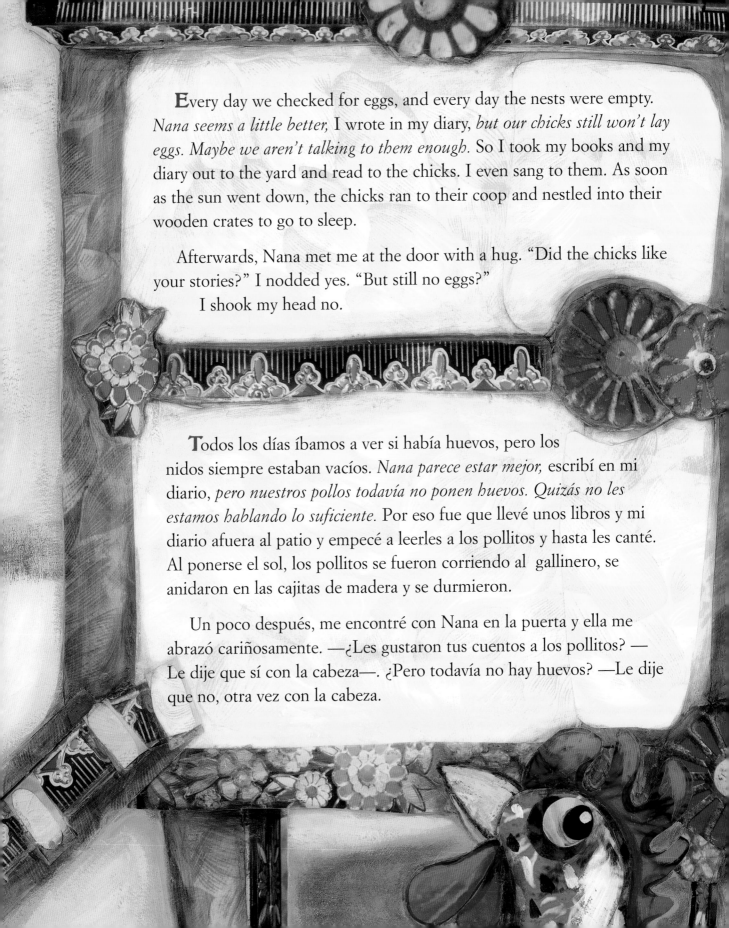

Every day we checked for eggs, and every day the nests were empty. *Nana seems a little better,* I wrote in my diary, *but our chicks still won't lay eggs. Maybe we aren't talking to them enough.* So I took my books and my diary out to the yard and read to the chicks. I even sang to them. As soon as the sun went down, the chicks ran to their coop and nestled into their wooden crates to go to sleep.

Afterwards, Nana met me at the door with a hug. "Did the chicks like your stories?" I nodded yes. "But still no eggs?"

I shook my head no.

Todos los días íbamos a ver si había huevos, pero los nidos siempre estaban vacíos. *Nana parece estar mejor,* escribí en mi diario, *pero nuestros pollos todavía no ponen huevos. Quizás no les estamos hablando lo suficiente.* Por eso fue que llevé unos libros y mi diario afuera al patio y empecé a leerles a los pollitos y hasta les canté. Al ponerse el sol, los pollitos se fueron corriendo al gallinero, se anidaron en las cajitas de madera y se durmieron.

Un poco después, me encontré con Nana en la puerta y ella me abrazó cariñosamente. —¿Les gustaron tus cuentos a los pollitos? — Le dije que sí con la cabeza—. ¿Pero todavía no hay huevos? —Le dije que no, otra vez con la cabeza.

One Saturday, while everyone was at the grocery store, Nana and I went out to the coop to check for eggs. As we spread feed around the yard, Nana began to sing. Before long she was dancing—Nana, dancing! She looped her arms above her head and clacked her heels.

"That was an old *pasodoble*. Tata loved that dance." Nana took my hand and smiled. "Do you want to learn it?"

Together we danced for the chicks, who clucked and twirled with us!

Un sábado, mientras que todos estaban en la tienda de abarrotes, Nana y yo fuimos al gallinero a ver si había huevos. Mientras esparcíamos la comida de los pollos por todo el patio, Nana empezó a cantar. Dentro de poco rato empezó a bailar… Nana, ¡estaba bailando! Alzó los brazos sobre la cabeza con gracia y empezó a zapatear.

—Ese era un viejo pasodoble. A Tata le gustaba mucho ese baile. —Nana me tomó de la mano y me dijo sonriendo: —¿Quieres que te lo enseñe?

¡Juntas les bailamos a los pollitos, y ellos a su vez empezaron a piar y a dar vueltas con nosotras!

Mama, Papa, and the boys came home. "Nana! You're dancing! You're happy!" they shouted. Soon they were dancing and clapping with us.

Nana gathered us around her. "Just now I felt like I was dancing with Tata. I felt like inviting him and all the people I love and miss to dance with us." She explained that birth, life, and death are a cycle that every living thing must go through—people as well as chickens. "But it's natural to grieve, too," she said, "and to find comfort in the love of your family."

The Nana we had missed so much was back!

Mamá, Papá y los muchachos regresaron a casa. —Nana, ¡usted está bailando! ¡Está feliz! —gritaron todos a la vez. Dentro de poco, ellos tambien se pusieron a bailar y a aplaudir con nosotras.

Nana nos juntó a todos a su alrededor. —Cuando empecé a bailar, me sentía como si estuviera bailando con Tata. Sentí que quería invitarlo a él y a toda la gente que tanto amo y que ahora tanta falta me hace, a bailar con nosotros. —Nos explicó Nana que nacer, vivir y morir es un ciclo natural por el que todo ser viviente tiene que pasar, tanto la gente como las gallinas—. Y también es natural que sintamos pesar y que busquemos consuelo en el amor de la familia. —dijo Nana.

¡La Nana que tanto habíamos echado de menos había regresado!

The next morning, before sunrise, we all woke up to a loud *cock-a-doodle-doo!*

We rushed outside. Our eyes and mouths opened wide as we cried, "Oh no! Our chicks! They're all… roosters!" The yard was full of them, flapping and crowing their hearts out.

Nana laughed and hugged us close. "Well, no wonder our chickens weren't laying any eggs! I thought they looked a little strange, but I've been thinking of Tata so much, I didn't notice that none of them were hens." We all laughed until we cried, hiccupped, and had to go to the bathroom!

A la mañana siguiente, antes de que el sol se asomara, todos en casa nos despertamos al oír un fuerte «¡¡qui-qui-ri-quí!!».

Salimos corriendo. Abrimos los ojos y la boca y exclamamos: —¡Nuestros pollitos, ya todos son… gallos!— El patio estaba lleno de gallitos, aleteando y cacareando con toda su fuerza.

Nana se rió y nos abrazó. —¡Con razón los pollos no ponían huevos! Se me ocurrió por un momento que se veían un poco raros, pero como he estado pensando tanto en Tata, no me había fijado en que ninguno de ellos era gallina. —¡Todos nos reímos tanto que se nos salían las lágrimas, nos dio hipo y tuvimos que ir a hacer pipí!

The next day, Nana came into the kitchen holding her photo of Tata.

"You all have helped me so much during this difficult time," she said, "but now Tata needs me to visit him and place fresh flowers on his grave every day. It is finally time for me to return to Mexico. You all made me a wonderful chicken coop. Now will you help me make an altar for Tata, to honor him and to let him know how much we love and miss him?"

"Of course!" we all shouted.

Nana smiled and said, *"Familia mía,* I want you all to know that I will remember this time forever—even after I die." And we all hugged our Nana for a long, long time.

Al día siguiente, Nana llegó a la cocina con un retrato de Tata.

—Todos ustedes me han ayudado tanto en estos tiempos tan duros para mí—nos dijo—. Pero ahora Tata necesita que yo lo visite en el cementerio y que le lleve flores fresquecitas todos los días. Ya es tiempo de que yo vuelva a México. Ustedes me construyeron un gallinero magnífico. Ahora, ¿por qué no me ayudan a hacerle un altar a Tata, para honrarlo y para demostrarle lo mucho que lo queremos y la falta que nos hace?

—¡Seguro que sí! —asentimos todos.

Nana sonrió y dijo: —Familia mía, quiero que todos sepan que recordaré estos momentos toda mi vida, hasta después de que yo muera. —Y juntitos todos abrazamos a nuestra Nana querida por un rato muy, muy largo.

It was natural for us to invite Nana Chuy (my Mama's mother) to live with us, especially after Tata Porfirio died and Nana was sad and lonely. This story is based on my memories of that unforgettable time she spent with us. We laughed, cried, hugged, sang, danced, and shared many stories. Being together made the sadness easier to bear.

Our elders are a treasure. The amazing stories they share of their experiences (like raising chickens that turn out to be roosters!) enrich our lives like nothing else. Many cultural traditions include opening our homes and hearts to our elders to create temporary or permanent extended families. Even though it hurts when we lose them, it also reminds us that we are all part of the natural cycle of life and death. Remembering our loved ones with an altar on *El Día de los Muertos,* November 2nd, helps us bring their memory back to life.

—Amada Irma Pérez

Top left: The author's grandmother, Nana Chuy, in Mexicali in the 1940's. Right: The author's grandfather, Tata Porfirio, weighing grapes at the mercado *in Mexicali.*

Story copyright © 2007 by Amada Irma Pérez
Illustrations copyright © 2007 by
  Maya Christina Gonzalez

Spanish translation: Consuelo Hernández
Book design: Katherine Tillotson, Dana Goldberg
Book production: The Kids at Our House
Book editor: Dana Goldberg
Special thanks to Raffaele Deriu, Laura Chastain, Esperanza Pallana, Ana Elba Pavón, and Rosalyn Sheff.

Library of Congress Cataloging in Publication Data
  Pérez, Amada Irma.
Nana's big surprise = Nana, qué sorpresa! / story by Amada Irma Pérez; illustrations by Maya Christina Gonzalez.
  p. cm.
Summary: Amada and her family build a chicken coop, hoping that her grandmother, visiting from Mexico, will enjoy raising the chickens and be distracted from her grief at their grandfather's death.
  ISBN 978-0-89239-307-7 (paperback)
[1. Grandmothers—Fiction. 2. Grief—Fiction. 3. Chickens—Fiction. 4. Mexican Americans—Fiction. 5. Spanish language materials—Bilingual.] I. Title: Nana, qué sorpresa!. II. Gonzalez, Maya Christina, ill. III. Title.
PZ73.P46554 2002
[E]—dc21   2003051556

Manufctured in China by First Choice Printing Co. Ltd., January 2014
10 9 8 7 6 5 4 3 2 1
First Edition

A note about the artwork: To create the paintings for this book, Maya used acrylic paint on rag paper for the faces, hands, and colored backgrounds. She then scanned photos, fabrics, beads, and textured papers into her computer and printed them out in different sizes and colors. She cut out and glued all of these different bits and pieces onto the paintings for a collage effect. Can you identify all of the different elements collaged into each painting?

Amada Irma Pérez is an award-winning author and a leading advocate of programs that encourage multicultural understanding. She travels extensively, gives readings, and leads writing workshops. She lives with her husband in Ventura, California.

To the memory of the grandparents I knew: Doña Chuy and Don Porfirio Hernández of Sonora, Mexico, and to those who died long before I was born: Amada and Agustín Hernández of Chihuahua, Mexico. Also, for their great-grandchildren who know them only through the stories of their parents and grandparents: Marco, Nico, Sergio III, Leaha, Anthony, Angela, Anarisa, Gabriel, Enrique, Alexandra, Carlos, Ana, Eric, Alex, and Katie. —AIP

Maya Christina Gonzalez is an acclaimed artist and illustrator whose work has been featured on the cover of *Contemporary Chicano/a Art.* This is her eighth book for Children's Book Press. She lives and plays in San Francisco, California.

Special thanks to Raffaele Deriu, Karen Barnes, Aimee Graham, and especially Marilyn Smith for technical support. And for Zai, my best beast ever! —MCG